VENTE

du Mercredi 15 Mai 1912

HOTEL DROUOT — SALLE N° 9

A 2 HEURES

TABLEAUX

ANCIENS et MODERNES

ESTAMPES ANCIENNES

BRONZES

COMMISSAIRE-PRISEUR

Me Charles DUBOURG

EXPERT

M. F. MARBOUTIN

C. Chaufour, Imprim.
6-8, Rue Milton, Paris

CATALOGUE

DES

TABLEAUX MODERNES

Aquarelles, Dessins, Pastels

PAR

Blanc (Ch.), Blum (M.), Carolus-Duran, Ciceri (E.)
Chaperon (Eug.), Clésinger, Coigniard (L.), Cortès (A.)
Dauzats, Delacroix (Eug.), Duprat (A.), Gagnery
Iwill La Lyre, Lavieille (Eug.), Legrand (Louis)
Lemaire (Madeleine), Lepoitevin (Eug.), Louvet (C.)
Massé (J.), Oger (F.), Palizzi, Quinton, Sain (Edouard)
Timmermans, Wilhems (J.), Yvon (A.), etc.

TABLEAUX ANCIENS

DES ÉCOLES

Anglaise, Flamande, Française XVIIIe siècle et Hollandaise

ESTAMPES ANCIENNES

BRONZES

DONT LA VENTE AURA LIEU

HOTEL DROUOT — SALLE N° 9

Le Mercredi 15 Mai 1912

A 2 HEURES

Mᵉ Charles DUBOURG	M. F. MARBOUTIN
COMMISSAIRE-PRISEUR	PEINTRE-EXPERT
11, Rue Saint-Anne, 11	2, Rue de Marseille, 2

EXPOSITION PUBLIQUE

Le Mardi 14 Mai 1912, de 2 heures à 6 heures

CONDITIONS DE LA VENTE

Elle sera faite au comptant.

Les acquéreurs payeront *dix pour cent* en sus des enchères.

L'exposition mettant le public à même de se rendre compte de l'état des objets, il ne sera admis aucune réclamation une fois l'adjudication prononcée.

DÉSIGNATION

TABLEAUX MODERNES

BALMIER (A.)

1 — Villeneuve-lès-Avignon.

BLANC (Cн.)

2 — Le pont de Kreuznach.

BLIGNY

3 — Zouaves. La Charge.

BLUM (Maurice)

4 — Une Répétition au Cirque Fernando.
Salon de 1874.

BONNAUD (Fr.)

5 — Fleurs.

CALVÈS (Marie)

6 — Chiens de chasse.

CAROLUS-DURAN

7 — Etude de femme.

CHAPERON (Eug.)

8 — En Reconnaissance.

CHARRETON (Victor)

9 — Intérieur de ferme.

CHINTREUIL (Attribué à)

10 — Lisière de forêt.

CLÉSINGER (J.)

11 — Saint-Pierre de Rome. Crépuscule.

COIGNIARD (Louis)

12 — Vaches à l'abreuvoir.

CONSTANTIN (Aug.)

13 — Le Voleur.

CORTÈS (A.)

14 — Troupeau à l'abreuvoir.

DAUZATS (Adrien)

15 — La Sacristie.

DELILLE (A.)

16 — Fleurs et Bibelots.

DUMOULIN (Paul)

17 — Le Moulin.

DUPRAT (A.)

18 — Entrée du Grand Canal à Venise.

DUTHAY

19 — Barques de pêche.

DUVEAU (Louis)

20 — Nymphe.

21 — Sur le radeau.

ECOLE 1830

22 —- La Vieille ferme.

23 — Le Chemin de l'abreuvoir.

24 — Retour des pêcheurs, marée basse.

25 — Intérieur d'église. Italie.

26 — Une Route en forêt.

27 — La Famille.

28 — Les Laveuses.

ECOLE MODERNE

29 — La Famille.

3o — Tête de femme.

31 — Les Quatre Saisons.
   Quatre Dessus de porte.

32 — Un marché en province.

FLERS (Attribué à)

33 — Paysage normand.

FROMENTIN (Attribué à E.)

34 — Cavalier Kabyle.

GAGNERY

35 — Le Retour du marché.

GIBBON

36 — Paysage. Effet du soir.

GŒNEUTTE (Norbert)

37 — A Montmartre.

H. V. B.

38 — La Cascade.

INCONNUS

39 — Ruisseau sous bois.

40 — Enfants allant à la fontaine.

41 — Pêches et raisins.

42 — Lilas et Giroflées.

43 — Le Ruisseau.

44 — Intérieur.

ISAILOFF (A.)

45 — La Seine au Pont-Neuf. Matin.

46 — L'Eglise de la Trinité.

IWILL

47 — Marée basse. Bretagne.

JACQUE (Genre de Ch.)

47 *bis* — Intérieur de bergerie.

KELLER (C.)

48 — Le Naufrage.

KINDERMANN (B.)

49 — Paysage avec animaux.

LAFOND (A.)

5o — Au Jardin de Cluny.

LA LYRE (Ad.)

51 — Le Repos de Salomé.

52 — Une Sirène.

Cadre Louis XIV en bois sculpté.

LAVIEILLE (Eug.)

53 — L'Hiver.

LEMAIRE (Madeleine)

54 — Les Petits mendiants.

LENGLACÉ

55 — La côte de Neaufles, près Gisors.

LENDET (J.)

56 — En Hollande.

LEPOITEVIN (Eug.)

57 — La Seine à Neuilly.

LOUVET (C.)

58 — Une Rue à Savennières (Anjou).

59 — Lever de lune dans l'Anjou.

60 — Les Laveuses. Crépuscule.

MAGLIONE

61 — L'Entrée du Vieux Port à Marseille.

MASSÉ (J.)

62 — Bords de Marne. Automne.

MATHIEU

63 — Roses et Perroquet.

MICHEL (P.)

64 — Le Sentier. Environs de Chaville.

65 — Le Vieil étang de Ville-d'Avray. Matin.

MOREAU

66 — La Place Pigalle par la neige.

NEUBERT (Louis)

67 — Il pleut.

NOBLE-PIJEAUD

68 — Poires.

PALIZZI

69 — Chèvres et Poules.

PALIZZI (Attribué à)

70 — Chèvres.

PROST (V.)

71 — La Dernière cartouche. Italie 1859.

QUINTON (Cl.)

72 — Moutons au pâturage. Auvergne.

RAMEY (E.)

73 — Le Sacrifice d'Abraham.

ROQUEPLAN (Attribué à C.)

74 — La Parure de fleurs.

ROYER (R.)

75 — Le Pont Royal. Effet du soir.

SAIN (Ed.)

76 — L'Espiègle. Pont-Aven.

SAIN (P.)

77 — Bords de la Sarthe.

SÉGUIN (M.)

78 — L'Étude.

TIMMERMANS (L.)

79 — Saint-Malo.

VERNON (Attribué à P.)

80 — Réunion galante.

WILLESBY-WEBSTER (R.)

81 — L'Arrivée des barques de pêche.

WILHEMS (J.)

82 — Devant le Palais des Doges. Venise, xviie siècle.

WOS (H.)

83 — Paysage.

YVON (A.)

84 — Nymphe et Amour.

85 — Nymphe.

TABLEAUX ANCIENS

86 — Vue d'un parc avec personnages.
Cadre Louis XVI en bois sculpté.

ECOLE FLAMANDE

87 — Le Buveur.

88 — L'Adoration des Mages.

89 — Halte de chasse.

90 — Le Christ à la Colonne.

91 — Le Saint-Esprit.

ÉCOLE FRANÇAISE

92 — Les Trois Grâces.
Sanguine.

93 — Chasse à courre.

94 — Paysage animé.

95 — Ruines en Italie.
Aquarelle.

96 — Ruines avec personnages.
Aquarelle.

97 — Bonaparte. Campagne d'Italie 1796.
Crayon et sépia.

ÉCOLE FRANÇAISE XVIIIᵉ SIÈCLE.

98 — Portrait de femme.

99 — Entrée d'une ville.

100 — Trois panneaux décoratifs.

101 — Le Vieux Pont.

102 — Vue d'un port avec personnages.
Gouache.

103 — La Bonne aventure.

FRAGONARD (Evariste)

104 — Portrait de Monsieur de Dieppe.
Dessin rehaussé.

105 — Portrait de femme.
Dessin rehaussé.

FRANCK (Attribué à H.-P.)

106 — La Visitation.

ÉCOLE HOLLANDAISE.

107 — Après la fête.
Cadre Louis XVI en bois sculpté.

108 — Marine.

109 — Le Berger.

RAPHAEL (D'après)

110 — Portrait du peintre.

111 — La Sainte Famille.

RUBENS (École de)

112 — La Vierge et l'Enfant. La Mise au tombeau. Saint
Jean.
> Triptyque.

ÉCOLE RUSSE

113 — Sujet religieux.

114 — Sujet religieux.

TÉNIERS (Attribué à D.)

115 — Les Joueurs de cartes.
> Cuivre.

116 — Intérieur d'auberge.
> Cuivre.

ESTAMPES

BAUDOUIN (D'après P. A.)

117 — Le Poète Anacréon, par De Launay.
> Epreuve en noir.

BERTIN (D'après N.)

118 — La Gaieté de Silène, par De Launay.
> Epreuve en noir.

DEGAS (D'après)

119 — Quatorze lithographies, par S. W. Thornley.
> Sera divisé.

DESNOYERS (D'après)

120 — Le Président Jefferson, par Dequevauvillier.
Gravure.

HAMILTON (D'après W.)

121 — L'Abdication de Marie Stuart, par Read.
Epreuve en couleurs.

HONTHORST (D'après G.)

122 — Piété filiale, par Gebhardt.
Epreuve en couleurs.

LEGRAND (Aug.)

123 — La Débauche
Epreuve en couleurs.

PAROY (D'après le Comte de)

124 — Scène de brigandage.
Epreuve en couleurs.

RAFFAILLI

125 — La Chaumière.
Eau-forte en couleurs.
Signée et numérotée.

AQUARELLES, PASTELS, DESSINS

APPAY (E.)

126 — Le Vieux port à Marseille.
Aquarelle.

BARON (Genre de)

127 — Le Petit mendiant.
Aquarelle.

CALL (H.)

128 — La Bourrasque.

Pastel.

CAUSSE (A.)

129 — Le Conteur Florentin, d'après Cabanel.

Porcelaine.

CICÉRI (E.)

130 — Sur le quai.

Gouache.

131 — Coin de ville.

Gouache.

COQUELIN (Th.)

132 — Nature morte.

Aquarelle.

COUFFIN (G.)

133 — Le Rapport.

Aquarelle.

DELACROIX (E.)

134 — Lion au repas.

Cachet de la vente. Plume et encre de Chine.

HASPE (C. De)

135 — Poussins.

Aquarelle.

HORN (H. G.)

136 — Rue de village par la neige.

Aquarelle.

INCONNUS

137 — Scènes de chasse.

Quatre dessins encre de Chine.

138 — Jeune femme sur une terrasse.

Aquarelle.

139 — Cour de femme.

Aquarelle.

LEGRAND (Louis)

140 — Rentrée de la Goulue à l'Elysée... Montmartre.

Dessin rehaussé.

LETEURTRE (E.)

141 — Environs de Toulon.

Aquarelle.

142 — Près Bonnières.

Aquarelle.

MÉRY (E.)

143 — Envolé...

Gouache.

MIRANDE (E.)

144 — Retour de fête.

Dessin rehaussé.

145 — Un gros incendie.

Dessin rehaussé.

OCCHIPINTI

146 — Idylle.

Aquarelle.

OGER (F.)

147 — Tête de mulet.

Aquarelle.

148 — Tête de cheval.

Aquarelle.

SMITH

149 — Epanouissement.

Pastel.

TIMMERMANS (L.)

150 — Cabane de pêcheurs.

Aquarelle.

TOCHÉ (Ch.)

151 — Esquisse pour un plafond.

Aquarelle.

VIENT (G.)

152 — En Avant-Garde.

Aquarelle.

BRONZES, MARBRE

AIZELIN (E.)

153 — Le Faucheur.

Bronze.

MÈNE

154 — Lévrier.

Bronze.

155 — L'Architecture.

Bronze.

156 — Berger jouant de la flûte.

Bronze.

157 — Buste de jeune fille.

Marbre.

158 — Sous ce numéro. Tableaux, aquarelles, etc., omis
au catalogue.